L'AUVERGNAT,

ou

LE MARCHAND DE PEAUX DE LAPIN,

COMÉDIE EN UN ACTE ET EN PROSE.

PRIX : 75 CENT.

PARIS,

CHEZ
POLLET, Libraire, Éditeur de Pièces de Théâtre,
rue du Temple, n° 36, vis-à-vis celle Chapon;
J.-N. BARBA, Libraire, Palais-Royal, derrière le
Théâtre Français, n° 51;
Mme HUET, Libraire, rue de Rohan, n° 21.

1821.

L'AUVERGNAT,

OU

LE MARCHAND DE PEAUX DE LAPIN,

COMÉDIE EN UN ACTE ET EN PROSE,

(Tirée des Œuvres de Darnaud);

PAR MM. MARÉCHALLE ET AUGUSTE G***,

REPRÉSENTÉE pour la première fois à Paris, sur le Théâtre du Panorama Dramatique, le 10 novembre 1821.

PRIX : 75 cent.

PARIS,

CHEZ
POLLET, Libraire Éditeur de Pièces de Théâtre, rue du Temple, n° 36, vis-à-vis celle Chapon;
J.-N. BARBA, Libraire, Palais-Royal;
Mme HUET, Libraire, rue de Rohan, n° 21.

1821.

PERSONNAGES.	ACTEURS.
LÉONARD, Auvergnat.	M. *Serre.*
Madame MORIN.	Mme *Belfort.*
ÉLISE, sa fille.	Mlle *Marciani.*
M. JOBINET, frère de madame Morin (caricature).	M. *Bouffé.*
JULES, amant d'Elise.	M. *Francisque.*
FRITZ, valet de madame Morin.	M. *Vautrin.*

La scène se passe à Paris, chez madame Morin.

DE L'IMPRIMERIE DE J. SMITH.

L'AUVERGNAT.

OU

LE MARCHAND DE PEAUX DE LAPIN.

Le Théâtre représente un salon riche, ayant des portes latérales et une fenêtre dans le fond.

SCÈNE PREMIÈRE.

M. JOBINET, Madame MORIN.

M. JOBINET.

Je ne sors pas de là, ma sœur : nous comptons déjà dans notre famille les hommes les plus distingués, tels qu'un contrôleur à pied et à cheval, le valet de chambre d'un prince et un secrétaire général ; je ne consentirai donc au mariage de ma nièce qu'autant qu'il se fera avec ce jeune de Saint-Mar que je vous ai présenté.

MAD. MORIN.

Et cela, parce qu'il est millionaire ?

M. JOBINET.

Oui, ma sœur ; il est bien reçu partout, il va chez les ministres, il peut enfin donner un relief à notre maison : c'est un mari comme il en faut un à ma nièce. Je ne sors pas de là.

MAD. MORIN.

L'important pour moi, c'est qu'il fasse son bonheur ?

M. JOBINET.

Un millionaire ! il le fera, il n'y a point le moindre doute ; la fortune fait le bonheur. Je ne sors pas de là.

MAD. MORIN.

Je sais qu'il est des riches bienfaisans, humains, généreux ; mais tous n'ont pas les mêmes qualités : et votre engouement pour les riches en général, tient un peu du délire, et me ferait présumer que vous êtes fou.

1*

M. JOBINET.

Ma sœur, vous sortez de votre caractère; mais je ne sors pas de là : la classe que je vénère est la seule capable de répandre dignement des bienfaits.

MAD. MORIN.

Soyez sûr, mon frère, qu'il n'est pas besoin de naissance pour avoir des vertus ; et pour vous en convaincre, je n'ai qu'à vous citer ce brave homme qui passe chaque jour par ici.

JOBINET.

Votre marchand de peaux de lapin !...

MAD. MORIN.

Lui-même. Outré de vous entendre déclamer sans cesse contre ces gens qui n'ont d'autres torts que leur pauvreté, j'ai voulu, pour détruire vos injustes préventions et pour vous combatre avec plus de force, vous présenter un de ces hommes du peuple, bon par nature, généreux sans ostentation, et je l'ai trouvé.

M. JOBINET (*avec ironie*).

Oui, votre marchand de peaux de lapin.

MAD. MORIN.

Hier je l'ai éprouvé. Couvert des haillons de la misère, retiré dans l'un des greniers de cette maison, et entouré de tout l'appareil du malheur, je le fis appeler, et lui dis en prenant l'accent de la douleur : « On m'a parlé de votre bonté, et je suis bien dans la peine. » Je n'avais pas achevé ces mots, que des larmes coulent de ces yeux, il me donne au même instant deux louis, il n'en avait pas sur lui davantage, et me promet de revenir dans quelques jours : je lui fis observer que je ne prévoyais pas quand je pourrais les lui rendre. « Me les rendre ! » s'écria-t-il aussitôt; « ne suis-je pas bien récompensé, puisque j'ai été assez heureux pour vous rappeler à la vie. Personne, je vous le jure, n'eut aujourd'hui plus de plaisir que moi. » Ce trait d'une sensibilité peu commune, et qui honore ce que vous appelez d'une façon si révoltante un homme de rien, n'est-il pas digne des plus grands éloges? L'empressement de ce marchand à secourir les infortunés ne vous prouve-t-il pas que l'on peut, quoique né dans une classe obscure, goûter le plaisir de faire le bien, et que l'esprit l'éducation et la naissance n'ajoutent rien à ceux qui ont comme ce brave homme un cœur généreux et sensible?

M. JOBINET.

Cette action est belle sans doute; mais cette manière d'obliger est sans aucune espèce de grâce. Vous demandez, il donne sans savoir à qui.

M AD. MORIN.

Son procédé n'en est que plus beau.

M. JOBINET.

Nos gens du monde se garderaient bien d'obliger de la sorte, je le parie; et je ne sors pas de là.

MAD. MORIN.

Tant pis.

M. JOBINET.

Et ils riraient, j'en suis sûr, de la conduite de ce pauvre diable.

MAD. MORIN.

Laissons s'égayer sur son compte ces gens du monde à l'esprit grimacier et au cœur dur. Mais nous, mon frère, rendons hommage à l'homme vertueux, pour qui faire le bien est une seconde existence; et que ceux qui trouveront plaisant d'en faire le héros de leur persifflage, s'efforcent seulement de l'imiter : je leur pardonnerai de grand cœur leurs insipides railleries.

M. JOBINET.

Je dirai toujours, ma sœur, que vos vues ne sont pas assez élevées; et je ne sors pas de là.

MAD. MORIN.

Mais enfin le jeune de Saint-Mar est aimable, il est plein d'attention auprès de ma fille, qui, je crois, ne le voit pas avec indifférence; et si je ne puis faire leur bonheur en comblant vos vœux, vous devez être certain d'avance que loin d'y mettre obstacle, je serai la première à souscrire à cet hymen.

M. JOBINET.

Voilà ce que je voulais : je marie ma nièce au jeune de Saint-Mar, et je leur donne ma fortune entière; j'ai prévenu tous nos parens, pour qu'ils viennent ce soir signer l'acte qui doit unir nos jeunes gens, et examiner les contrats, les baux, les créances et les titres de mon neveu M. de Saint-Mar. Moi, Andoche Pothin Chrisostôme Jobinet, j'aurai un millionnaire dans ma famille, mon ambition sera satisfaite. Je l'avais mis dans ma tête, et je ne sors pas de là ; je cours chez mon notaire.

SCÈNE II.

MAD. MORIN (*seule*).

Malgré sa manie, mon frère est vraiment le meilleur homme du monde ; je ne puis lui en vouloir, puisque le bonheur de ma fille occupe tous ses instans. Il veut qu'elle paraisse dans le monde et qu'elle épouse un millionnaire ; eh bien ! soit ; que me font ses titres, s'il est bon ami, bon époux et bon père. Mais pensons à cet honnête marchand, et suivons mon projet : mon frère en dira ce qu'il voudra. Que ces deux louis que je tiens de sa bonté imposent de devoirs à mon cœur ! Que l'homme riche ouvre son âme à la bienfaisance, il ne fait selon moi qu'acquitter la dette de l'humanité ; mais que le pauvre se soumette à cette sorte de redevance imposée à la fortune, qu'il achète au prix d'une partie de sa subsistance peut-être le plaisir de soulager son semblable ; voilà la vertu dans tout son éclat, voilà l'homme dans toute sa dignité. (*Elle appelle*) Fritz !

SCÈNE III.

MAD. MORIN, FRITZ.

FRITZ.

Que désire madame ?...

MAD. MORIN.

Quand vous entendrez ce marchand, dont vous m'avez aidé hier à éprouver la générosité, vous l'appellerez et le conduirez près de moi...

FRITZ.

Oui, madame...

MAD. MORIN.

Cet être obscur, mais obligeant, est préférable cent fois à cet homme du monde, qui n'a jamais senti le plaisir de faire du bien, et qui ne sait vous accabler que du poids de son insupportable nullité.

(*Elle entre dans son appartement.*)

SCÈNE IV.

FRITZ (*seul*).

Madame, je le vois, veut récompenser le marchand de peaux de lapin, vertueux et bienfaisant : on ne peut pas l'en blâmer; les braves gens sont si rares! ce sera une prime d'encouragement. J'entends notre jeune homme; tâchons de l'entraîner dans une démarche d'où il ne pourra sortir qu'en payant une honnête rétribution : puisqu'il trompe un oncle pour avoir sa nièce, je puis bien le tromper pour avoir de l'argent; chacun son lot, et qu'on dise après que je n'agis pas en conscience...

SCÈNE V.

JULES, FRITZ.

JULES.

Ah! mon ami, je viens de rencontrer l'oncle d'Elise; c'est toujours aujourd'hui que nous signons le contrat.

FRITZ.

Jusque-là, monsieur, cela ne va pas trop mal...

JULES.

Non; mais tous mes titres qui doivent arriver ce soir, tous ses parens rassemblés, qui comptent déjà sur ma protection et qui vont être mystifiés, bernés...

FRITZ.

Jusque-là monsieur, il n'y a pas encore trop de mal...

JULES.

A la bonne heure; mais leur mystification sera suivie de notre renvoi.

FRITZ.

Ah! monsieur, voilà le mal.

JULES.

Maudit amour! maudite tête! où m'avez-vous entraîné?

FRITZ.

Mais en avouant votre famille, ne vaut-elle pas celle de M. Jobinet ?

JULES.

Je suis brouillé avec elle; tiens, voici en quelques mots l'histoire de ma vie. Mon père, homme obscur, mais assez fortuné, avait pour moi la tendresse la plus vive : je lui témoignai de bonne heure le dégoût insurmontable que m'inspirait son état, et le désir d'en faire un autre.

FRITZ.

Comme tous les jeunes gens d'aujourd'hui, vous rougissiez de la profession de votre père, et vous vouliez paraître plus que vous n'étiez : c'est l'usage à présent.

JULES.

Après bien des sollicitations, car il ne pouvait consentir à se séparer de moi, il se décida à m'envoyer au collège de France. Là on cultiva quelques dispositions que la nature m'avait données; je fis de progrès rapides, et je reçus des louanges, dont mon orgueil fut flatté. Le fils d'un baron allemand se lia étroitement avec moi, il obtint une place importante, et m'emmena en qualité de secrétaire : mais le souvenir d'un père que je n'ai pas vu depuis huit ans occupe sans cesse ma pensée.

FRITZ.

Le moment est mal choisi pour avoir des remords : songeons plutôt aux moyens de tromper M. Jobinet; je l'entends, du courage.

SCÈNE VI.

LES PRÉCÉDENS, M. JOBINET.

M. JOBINET (*avec humeur*).

C'est toujours fort désagréable ; je ne sors pas de là.

JULES.

Qu'avez-vous, M. Jobinet ?

M. JOBINET.

Je suis très contrarié, mon cher M. Saint-Mar : je voulais qu'un de mes anciens amis, homme d'un très-grand mérite, assistât à la signature de votre contrat, et à cet effet j'étais allé chez lui, à l'hôtel du Midi.

JULES.

Eh bien !

M. JOBINET.

Eh bien ! je ne l'ai pas trouvé ; il sort tous les jours de l'hôtel du Midi avant dix heures.

JULES.

Alors nous ne signerons pas ce soir ?

M. JOBINET.

Pardonnez-moi ; nous aurons assez de monde sans lui : j'ai d'abord M. de Niaisenback, et on le trouve toujours ; il attend de l'activité : moi aussi j'en attends ; qu'on me donne l'ordre de marcher... je ne sors pas de là.

JULES.

Je vous crois sur parole. Mais parlons de votre aimable nièce.

M. JOBINET.

Vous aurez aussi M. Zéro, le greffier du tribunal de paix d'une petite commune à quelques lieues d'ici ; je suis sûr de lui : il est toujours à Paris.

JULES.

Comment ! greffier du tribunal de paix d'une commune près d'ici, il est toujours à Paris ?

M. JOBINET.

Oui, parce qu'il a beaucoup de propriétés dans le pays où il est placé, et ayant élu son domicile à Paris, il paye bien moins d'impôt ; il n'entre dans aucuns frais communaux, tels qu'entretien d'église, réparation de routes. Il fait payer tout cela aux autres ; mais lui ne paye rien : enfin s'il est le premier du pays pour les honneurs, franchement il en est bien le dernier pour l'utilité ; mais du reste c'est un digne homme. Je ne sors pas de là.

JULES.

Mais sa place...

M. JOBINET.

L'adjoint est là ; c'est lui qui fait la besogne. Mais c'est égal, mon ami entend joliment ses affaires.

JULES.

Oui, mais celle des autres, de ses administrés, par exemple ?...

M. JOBINET.

Quant à ses administrés, ça, c'est une justice à lui rendre, il s'en occupe chaque fois qu'il va dans sa commune : à la vérité il n'y va guère ; mais c'est égal, mon ami est la perle des fonctionnaires publics ; je ne sors pas de là. Mais parlons un peu de nos affaires : vous me montrerez aujourd'hui vos titres, comme nous en sommes convenus, n'est-ce pas ?...

JULES (*prêt à se trahir*).

Monsieur, je dois vous avouer...

FRITZ (*bas à Jules*).

Qu'allez-vous faire ? promettez tout.

JOBINET.

Quoi donc ?

JULES (*se remettant*).

Que j'ai pris la liberté d'écrire à mon homme d'affaires, pour qu'il me les adressât ici même.

M. JOBINET.

Je devine : dans la crainte de faire languir...

JULES (*à Fritz*).

Le sot !...

M. JOBINET.

C'est bien cela, heim ? Ah ! mon neveu ! vous êtes un homme charmant ! venez, venez près de ma nièce.

JULES.

Rendons nous vite auprès d'elle.

M. JOBINET.

Cette impatience...

JULES.

Est naturelle ; votre nièce est charmante !...

M. JOBINET.

Elle me ressemble un peu, ma nièce : elle aime les titres, les grands noms ; et quoique vous sachiez plaire par vos qualités aimables, car vous avez des qualités aimables ; quoique vous conveniez à tout le monde par votre esprit et vos procédés, car vous avez aussi des procédés et de l'esprit ; je ne m'y connais pas beaucoup, mais c'est égal, je suis sûr que ma nièce s'enivre de l'espoir d'être votre femme, comme moi du plaisir de vous avoir pour neveu.

Venez, venez; à vous seul désormais vous composerez toute ma famille, je serai toujours chez vous.

JULES (à Fritz).

Ce sera bien agréable.

M. JOBINET (enchanté).

Moi l'oncle d'un millionnaire! je veux en mourir de joie; je ne sors pas de là.

SCÈNE VII.

FRITZ (<i>seul</i>).

Ah! le ridicule personnage !.. Sans moi le secret de M. Jules était connu, et M. Jobinet tout-à-fait désenchanté sur le compte de son prétendu neveu. (<i>Léonard dans la coulisse</i>) Marchand de peaux de lapin !

FRITZ.

Ah! ah! voici l'homme en question; ne le laissons point passer sans l'appeler, car madame Morin me gronderait. (<i>Par la fenêtre</i>) Marchand, par ici. (<i>Revenant en scène</i>) Réfléchissons aussi à la position de M. Jules, et tâchons de le tirer d'affaire, en faisant les miennes.

SCÈNE VIII.

LÉONARD (1) (<i>à la porte et n'osant approcher</i>), FRITZ.

LÉONARD.

C'est y vous qui m'avez appelé, et c'est-il par ici qu'il faut que je vienne?...

FRITZ.

Oui, mon brave homme.

LÉONARD.

Ecoutez donc; c'est que lorsqu'on m'appelle, c'est toujours dous côté de la cuisine, voyez vous; et ça ne m'a point l'air d'ouna cuisine au moins ichi. (<i>Regardant du haut en bas</i>) Le diable m'emporte, si ça ne ressemble pas plutôt aux appartemens du roi Dagobert. Quoique vous me voulez?...

---

(1) Ce rôle doit être patoisé.

FRITZ.

Ma maîtresse voudrait vous parler.

LÉONARD.

Est-ce pour me vendre des peaux de lapin ?

FRITZ.

Je ne crois pas que madame fasse commerce sur les peaux de lapin ; mais suivez-moi, et vous saurez ce qu'elle désire.

LÉONARD.

Volontiers ; mais dites-moi donc, monsieur le domestique : ne connaîtriez-vous point dans cette maison une vieille femme bien malheureuse ?

FRITZ.

Je ne sais pas ce que vous voulez me dire.

LÉONARD.

Cela ne m'étonne guère : les gens qui habitent les salons sont rarement en correspondance avec ceux qui logent au grenier.

FRITZ.

Voici madame.

SCÈNE IX.

LES PRÉCÉDENS, MAD. MORIN.

MAD. MORIN.

Brave homme, car je ne sais pas votre nom...

LÉONARD.

Léonard, madame, pour vous servir.

MAD. MORIN.

Eh bien ! bon Léonard, je vous ai fait appeler pour vous demander....

LÉONARD.

Est-ce le cours des peaux de lapin ?

MAD. MORIN.

Non, dites-moi, s'il vous plaît....

LÉONARD (*reconnaissant le son de la voix*).

Ah ! je vous demande pardon, madame : mais vous

avez bien de la ressemblance avec une vieille femme... qui
m'a dit hier....

MAD. MORIN (*imitant la vieille*).

On m'a parlé de votre bonté, et je suis bien dans la
peine.

LÉONARD (*stupéfait*).

Ah! qu'ai-je entendu? je n'en puis plus douter; c'est
vous, c'est bien vous.

MAD. MORIN.

Oui, je suis cette femme que vous avez secourue si gé-
néreusement; tenez, reprenez ce que vous m'avez donné
hier, et acceptez ces cinquante louis, dont votre âme
compatissante aura bientôt trouvé l'emploi.

LÉONARD.

Je vous remercie, madame; je reprends mes deux louis.
Puisque que vous n'en avez pas besoin, ils seront pour
un autre; mais pour ceux-ci, gardez-les, madame : je
croirais que vous voulez m'offrir le prix de ce que j'ai fait
pour vous hier.

MAD. MORIN.

Dites-moi, je vous prie, bon Léonard, êtes-vous né avec
cet amour du bien, cette qualité si précieuse, si rare, qui
vous assure à jamais mon respect et mon amitié?

LÉONARD (*avec embarras*).

D'abord, madame, je ne suis pas un homme de qualité,
et pour le respect, c'est moi qui vous en dois. Je ne suis
qu'un marchand de peaux de lapin; mais puisqu'il faut
vous le dire, quand je rentre le soir, et que j'ai obligé un
pauvre diable ou une pauvre diablesse, je tressaille de joie,
et je trouve qu'il n'est point de plaisir au-dessus de celui-
là. Que voulez-vous? chacun à sa manière de voir : il me
semble que la véritable existence est de faire du bien, et
que l'on ne doit pas compter le nombre de ses années, mais
seulement le nombre des bonnes actions que l'on a faites.

MAD. MORIN.

Vous croyez alors..

LÉONARD.

Je crois que la pitié vient dans les bonnes âmes tout na-
turellement.

MAD. MORIN.

Bien peu de gens la trouvent naturelle, cette heureuse
disposition qui vous fait agir avec tant de sensibilité.

LÉONARD.

Tant pis, car cela rend l'âme bien contente.

MAD. MORIN.

Vous me paraissez d'un heureux caractère.

LÉONARD.

Ah! bien de ces gens dont vous me parlez roulent carosse, et à leur air triste et soucieux, on devine aisément que tout en se faisant traîner, ils traînent après eux le dégoût et l'ennui; et cela vient de ce qu'ils n'ont jamais obligé personne. Moi, dans l'hiver comme dans l'été toujours à pied, toujours criant : marchand de peaux de lapin, je suis toujours gai; je crois que de faire un peu de bien me porte bonheur, je ne suis jamais malade, je bois de temps en temps un petit verre de vin, parce que cela réconforte; c'est le lait des vieillards : mais cependant il m'est arrivé plus d'une fois de donner à un pauvre l'argent destiné une bouteille de vin.

MAD. MORIN.

Vous n'avez donc point d'enfant.

LÉONARD (*prenant son mouchoir et s'efforcant de cacher ses larmes*).

Non, madame... je n'en ai point.

MAD. MORIN.

Dites-moi, bon Léonard : si vous voyant dans un âge déjà avancé, dans un âge où l'on a besoin de soins, quelqu'un de riche vous offrait dans son hôtel un logement?...

LÉONARD.

Je l'accepterais, madame, persuadé que celui qui me l'offrirait me regarderait comme un ami.

MAD. MORIN.

Eh bien! devenez le mien; restez près de moi dans cette maison : je veux que vous y soyez comblé de soins, d'égards, et que chacun admire en vous le modèle de la bienfaisance.

LÉONARD.

Si vous le voulez, je le veux bien; mais je vous demande pardon, madame, ce sera à la condition que je ne serai point gêné dans mes habitudes.

MAD. MORIN.

Je vous comprends. (*à Fritz*) Fritz, vous m'avez entendu : que cette pièce soit préparée pour le bon Léonard.

LÉONARD.

Eh! madame, c'est trop d'honneur, certainement.

MAD. MORIN.

Vous avez peut-être besoin de prendre quelque chose?
Fritz, ayez soin de ce brave homme.

LÉONARD.

Ah! madame, vous me confusionnez... (*Fritz sort et
rentre au même instant, portant un plateau sur lequel
sont une bouteille et un verre ; il les pose sur un guéridon.*)

MAD. MORIN.

Je rentre dans mon appartement, où j'ai laissé quelqu'un
pour venir vous trouver. Ah! cela, tout est bien convenu
entre nous. Allez, venez, conservez enfin toutes vos habitudes.

LÉONARD.

En vérité, madame, je ne sais si je dois....

MAD. MORIN.

Vous me l'avez promis. Adieu, bon Léonard; nous nous
reverrons bientôt.   (*Elle sort.*)

LÉONARD.

Votre serviteur, madame.

SCÈNE X.

LÉONARD, FRITZ.

LÉONARD.

En vérité, je ne sais si je rêve, moi. (*Regardant partout*)
Ah! que c'est beau! que c'est magnifique! comment! c'est-
là ma chambre? Ah! ça, dites-moi où je pourrai mettre
mes peaux de lapin, car j'en fais un commerce considé-
rable.

FRITZ.

Soyez tranquille, M. Léonard; vous trouverez ici toute la
place qui vous sera nécessaire.

LÉONARD.

Vous avez une bonne maîtresse, heim?

FRITZ.

C'est la meilleure des femmes. Vous ne songiez guère
au bonheur qui vous attendait ici, n'est-ce pas, M. Léonard?

LÉONARD.

Ah ! foi d'homme , je mentirais, si je disais le contraire ;
mais je n'en suis pas fâché : cette petite chambre, elle est
toute gentillette.

FRITZ (*à part*).

Voici mon maître ; éloignons le marchand de peaux de
lapin. (*Haut*) Cette chambre dites-vous , M. Léonard,
elle est charmante ! croyez-moi, allez visiter votre nouvelle
demeure ; vous y trouverez un bon lit, sur lequel vous pourrez vous reposer, si cela vous convient.

LÉONARD.

Cela n'était pas de refus. (*A la porte de sa chambre*)
Ah ! cara, quoi que je vois ?.... des marbres, des dorures....
On a bien raison de dire que lorsqu'on se lève, on ne sait
pas où l'on se couchera.... Ah ! mon Dieu ! mon Dieu ! que
c'est beau !... (*Il entre dans la chambre à droite.*)

SCENE XI.

JULES, FRITZ.

JULES.

Je suis parvenu, non sans peine, à me débarrasser de
l'ennuyeux Jobinet, qui n'a d'autre refrain que «nous ver-
rons ce soir vos titres, j'en meurs de joie, j'en sèche de
de plaisir ;» et j'accours vers toi, pour savoir quel parti
je dois prendre : je te connais expert dans l'art d'intri-
guer.

FRITZ.

Vous êtes bien honnête, monsieur ; mais dans cette cir-
constance , je suis presqu'aussi embarrassé que vous.

SCÈNE XII.

LES PRÉCÉDENS , LÉONARD (*à la porte de sa chambre*).

LÉONARD (*sans être vu*).

Ce lit tout en soie est si beau, que je ne puis me ré-
soudre à me coucher dessus.

FRITZ (*à Jules*).

Il ne s'agit, monsieur, que de prouver à M. Jobinet que
vous êtes millionaire, car madame Morin s'en embarrasse
fort peu.

LÉONARD (*à part*).

Oh ! que vois-je ?... mon fils !...

FRITZ (*continuant*).

Nous le lui prouverons, monsieur; je connais un juif de mes amis qui fait de tout pour de l'argent, et qui vous fabriquera ce qui vous est nécessaire pour tromper M. Jobinet.

JULES.

Quoi! tu veux?.....

FRITZ (*ne le laissant pas achever*).

Point de scrupules, monsieur : je cours chez mon juif, et je vous le ramène à l'instant.

(*Il sort en courant.*)

JULES.

Mais.... il est déjà bien loin.

LÉONARD (*à part*).

Ah ! le double pendard !

SCÈNE XIII.

JULES, LÉONARD.

JULES (*après avoir réfléchi*).

Quoi qu'en dise Fritz, la délicatesse m'ordonne de rejeter ce moyen, indigne d'un homme d'honneur.

LÉONARD (*à part*).

Il a de bons sentimens, et j'ai bien envie.... Non, suivons mon projet.

JULES.

Quelle position ! l'amour et le devoir m'offrent des routes différentes, et je ne sais laquelle suivre.

LÉONARD (*à part*).

Si j'osais, je lui dirais de prendre la plus droite, car c'est toujours la meilleure.

JULES.

Oui, cette idée me sourit : M. Jobinet m'a dit que sa nièce aimait les titres, les grands noms; et si ce que je prends pour de l'amour n'était que le désir d'avoir un rang, de briller dans le monde... Elle vient, avouons-lui tout; cette confidence soulagera mon cœur d'un poids qui l'accable, et m'apprendra si de vains titres et l'éclat d'un grand nom l'ont séduite, ou si je suis aimé pour moi-même.

L'Auvergnat. 2

LÉONARD (*à part*).

Sans m'en douter, je vais savoir tous les secrets de la famille.

SCÈNE XIV.

LES PRÉCÉDENS, ÉLISE.

ÉLISE (*surprise en voyant Jules*).

Seul ici, monsieur ; permettez que je me retire.

(*Elle va pour sortir.*)

LÉONARD (*à part*).

Il a bon goût ; elle est ma foi jolie la petite brunette.

(*Il écoute.*)

JULES.

De grâce, demeurez, mademoiselle : au point où nous en sommes, devez-vous craindre d'accorder quelque sinstans à l'amant le plus tendre, le plus respectueux ? Depuis long-temps je vous aime, charmante Elise, depuis long-temps mon cœur vole au-devant du vôtre ; et quand j'ai l'espoir d'être payé de retour, au moment enfin d'être unis l'un à l'autre, pourquoi cette contrainte, et comment dois-je interpréter un silence si profond, quand j'attends au contraire de votre bouche l'aveu de mon bonheur ?

ÉLISE.

Vous vous plaignez de mon silence ! vous savez cependant que ma mère m'aime assez pour ne pas me contrarier sur le choix d'un époux, et vous savez aussi que je n'apporte aucun obstacle à notre mariage : n'est-ce pas vous en dire assez ?

JULES.

Cette réponse met le comble à mes vœux ; mais dites-moi, charmante Elise : si celui auquel on est près de vous unir n'était pas ce qu'il parait être ; si celui qui vous adore, et qui donnerait sa vie pour vous prouver son amour, n'était pas aussi riche qu'on le croit, et s'il vous disait : « Connaissant la résolution de votre oncle, mais séduit par « votre beauté et par l'espoir de toucher votre cœur, ne « pouvant résister au sentiment que vous m'avez inspiré, « j'ai pris un faux nom, de faux titres ; parlez, mériterait-il « votre haine et votre abandon ? »

ÉLISE.

Oui, monsieur.

JULES.

Eh bien ! vous venez de prononcer mon arrêt : cet impos-
teur, qui, pour vous posséder, prit un nom supposé ; cet
homme qui vous aime et qui mourra plutôt que de consentir à vivre éloigné de vous, il est à vos pieds : accablez-
le de tout vos reproches, de tout votre mépris ; il est le fils
d'un simple artisan.

ÉLISE (*d'un ton piqué*).

Vous mériteriez bien, monsieur, que je me fâchasse
sérieusement.

JULES.

Que voulez-vous dire ?

ÉLISE.

Que c'est fort mal de vouloir éprouver ainsi les gens.

JULES.

Quoi ! malgré cet aveu, vous persisteriez à me croire ?

ÉLISE (*l'interrompant*).

Oui, monsieur, j'ai entendu dire que l'amour faisait naître
la jalousie, les soupçons. Les reproches que vous m'avez
adressés tout à l'heure sur mon silence, sur ma contrainte,
préparaient fort bien, je dois en convenir, le petit conte
que vous venez de me faire. Vous avez cru sans doute
qu'éblouie par des titres, par des distinctions flatteuses,
par votre fortune enfin, la vanité plus que l'amour guidait
mon cœur. Ah ! que ne pouvez-vous y lire dans ce cœur ! loin
de l'affliger par une épreuve qui l'outrage, vous sauriez
que si j'ai consenti à vous donner ma main, je consentirais
aussi à vivre près de vous dans la retraite, loin des dignités,
loin du monde ; que je n'ai d'autre espoir que de me dérober
à l'éclat, aux grandeurs, et d'autres désirs en me ma-
riant, que de consacrer mes jours à mon époux. Me soup-
çonner de coquetterie, de légèreté ! je ne l'aurais jamais cru ; et
l'idée seule que vous avez voulu m'éprouver sera pour
moi une source éternelle de chagrin.

JULES.

Mais, charmante Elise....

ÉLISE.

Laissez-moi, monsieur.. Ah ! c'est bien mal à vous .

(*Elle rentre.*)

2*

SCÈNE XV.

JULES, LÉONARD.

LÉONARD (*à part*).

La petite a de la tête au moins ; j'aime ça, moi.

JULES.

Je ne puis revenir de mon étonnement. Ah ! courons sur ses pas ; et si j'ai pu l'affliger par des soupçons injurieux, prouvons-lui que je suis digne d'un généreux pardon.

(*Il sort brusquement.*)

SCÈNE XVI.

LÉONARD (*seul*).

Mais quel diable d'embrouillamini est-ce que c'est que tout ça ? vrai, je n'y comprends rien, si ce n'est que l'on veut tromper cette digne femme qui m'a reçu à bras ouverts. (*Il s'assied près du guéridon et réfléchit.*)

SCÈNE XVII.

LÉONARD (*assis dans un fauteuil*), M. JOBINET.

M. JOBINET (*sans voir Léonard*).

Encore quelques instans, et ma nièce est l'épouse d'un millionnaire.

LÉONARD (*poursuivant sa conversation sans voir Jobinet*).

Non, non, ça ne sera pas, je l'instruirai des moindres détails...

M. JOBINET (*de même*).

Je vais donc devenir un gros personnage...

LÉONARD (*de même*).

Il faudra du temps pour cela ; mais c'est égal...

M. JOBINET (*de même*).

Si le mariage ne se faisait pas, comme on se moquerait de moi !

LÉONARD (*de même*).

C'est tout simple : elle est bonne, on la trompe....

M. JOBINET (*de même*).

C'est qu'on me prendrait pour un sot...

LÉONARD (*de même*).

Et je me charge de le prouver; mais buvons une goutte.
(*Apercevant Jobinet*) Ah! quelle singulière figure! elle
ne serait pas plus drôle quand on l'aurait fait faire exprès.
Ça m'a bien l'air d'un vieil intendant.

M. JOBINET (*toujours à part*).

Je viens de donner un coup d'œil partout; notre monde
peut arriver, tout est prêt.

LÉONARD (*à part*).

Je ne m'étais pas trompé.

M. JOBINET (*apercevant Léonard*).

Mais quel est cet homme qui agit aussi sans façon?

LÉONARD (*se versant à boire*).

Ce serait une bonne connaissance à faire, un intendant!

M. JOBINET (*avec un ton*).

Dites donc, bon homme, que faites-vous donc là?

LÉONARD.

Monsieur, car le titre de bon homme ne vous convient
peut-être pas, vous le voyez, je me repose.

M. JOBINET.

Oui, et sur un fauteuil.

LÉONARD.

Il le fallait bien, puisqu'il n'y a pas ici de canapé.

M JOBINET (*regardant la bouteille*).

Mais, Dieu me pardonne, il boit de mon vin de Grenache.

LÉONARD (*riant*).

Qu'est-ce qu'il veut donc dire avec son vin de ganache?

M. JOBINET.

Voyons, saurai-je enfin ce que vous faites ici en ce moment?...

LÉONARD.

Ce que je fais en ce moment? ce que vous avez fait, je
crois, toute votre vie, rien.

M. JOBINET.

Vous me raillez.

LÉONARD.

Ah! vous êtes bien honnête.

M. JOBINET.

Et je vous ordonne...

LÉONARD (*l'interrompant*).

Vous m'ordonnez! est-ce que je suis chez vous?

M. JOBINET.

Pas tout-à-fait, mais...

LÉONARD.

Mais, mais laissez-moi en repos; mêlez-vous de vos affaires.

M. JOBINET.

Savez-vous qui je suis ici?

LÉONARD.

Comme partout, je pense, un grand inutile.

M. JOBINET.

Insolent!

LÉONARD.

Ah! pas de gros mots, je vous en prie, pas de gros mots, ou je me plaindrai de vous.

M. JOBINET.

Il se plaindrait de moi! il est joli celui-là! Mais attendez donc... ne seriez-vous pas par hasard ce marchand de peaux de lapin : eh! oui, c'est cela, ce philosophe si singulier...

LÉONARD (*se fâchant*).

Cela n'est pas vrai, je ne suis pas un philosophe.

M. JOBINET (*continuant*).

Que l'on veut surnommer le Titus du peuple.

LÉONARD.

Je ne suis pas non plus un Titus, entendez-vous?

M. JOBINET.

Madame Morin est devenue folle : recevoir un homme comme cela dans son hôtel! un marchand de peaux de lapin!

LÉONARD.

Mais, vieux Rodrigue, dites-moi donc ce qui vous porte à mépriser ainsi vos semblables!

M. JOBINET.

Mes semblables!

LÉONARD.

C'est beaucoup d'honneur que je vous fais.

M. JOBINET.

Honneur! honneur, tant que vous voudrez...

LÉONARD.

Et vous tant que vous pourrez. (*à part*) Attrape, monsieur l'intendant.

M. JOBINET.

Madame Morin manque ainsi aux convenances, aux bienséances! sa conduite en ce jour est le comble de la sottise. Je ne sors pas de là.

LÉONARD (*à part*).

Ah! je t'en ferai bien sortir, moi. (*haut*) Quoi que vous dites de madame Morin?...

M. JOBINET.

Oublier ainsi ce que l'on se doit à soi-même!

LÉONARD.

Quoi que vous dites encore de madame Morin? (*à part*) Ah! la patience m'échappe....

M. JOBINET.

Installer chez elle un homme du peuple, un homme que l'on ne peut présenter à personne, un homme enfin incapable de penser et d'agir...

LÉONARD.

De penser, oui, mais d'agir, non; et je vais te le prouver. (*Il le saisit à la gorge, le jette dans un fauteuil, et lui donne quelques coups de poings.*)

M. JOBINET (*appelant*).

Au secours!... Lapierre! Saint-Jean! Fritz!...

LÉONARD.

Appelle, appelle, toute ta valetaille; je la ferai sauter avec toi par la fenêtre, de peur de salir les escaliers.

(*Il frappe toujours.*)

SCÈNE XVIII.

LES PRÉCÉDENS, FRITZ (*accourant et les séparant*).

FRITZ.

Ah! M. Léonard que faites-vous?

LÉONARD.

Je châtie un drôle qui dit du mal de sa maîtresse.

FRITZ.

De sa maîtresse!

LÉONARD.

Oui, de madame Morin.

FRITZ.

Vous êtes dans l'erreur, monsieur est son frère, M. Jobinet.

LÉONARD.

Comment! elle aurait dans sa famille un iroquois de cette espèce : pourquoi ne me l'a-t-elle pas dit ?

FRITZ (à M. Jobinet.)

Cela ne sera rien , monsieur.

M. JOBINET.

Ah ! ce ne sera rien ! cela est bien aisé à dire.

FRITZ (à part).

Je ne suis pas fâché qu'il ait été rossé de la bonne manière.

LÉONARD.

Je vous demande pardon, monsieur, de vous avoir bouleversé un peu...

M. JOBINET (à part).

Un peu! ah! il appelle ça un peu !

LÉONARD.

Mais, foi d'homme, je vous prenais pour un domestique qui.....

M. JOBINET (ne le laissant pas achever).

Et quand j'eusse été un domestique, était-ce une raison pour serrer si fort? (à part) Aye! aye! j'ai le cou tout disloqué.

LÉONARD.

Je vous promets que cela ne m'arrivera plus.

M. JOBINET (à part).

Ce sera fort heureux pour moi, car il vous a une petite menotte, qui ne ressemble pas mal à un étau.

LÉONARD (à part).

Nous, rentrons; le fripon de valet est revenu, le juif ne peut être loin. (haut) Sans rancune, M. Jobinet... quand on ne sait pas, voyez-vous... ah ! vraiment j'en suis bien fâché pour votre toilette...

M. JOBINET (à part).

Et pour moi donc....

LÉONARD (*à part*).

Ah ! je lui conseille d'aller se requinquer. (*Il se met à l'écart et écoute.*)

M. JOBINET.

Comme il m'a arrangé !.. ah ! bien certainement j'ai quelque chose de dérangé... Mon ami, tu es venu bien à propos tout à l'heure.

FRITZ.

Je vous ai entendu crier au secours, et alors...

M. JOBINET.

Crier au secours !... moi !... ce n'était pas moi du tout, c'était bien lui : ah ! bien oui, moi crier au secours ! Je disais que tu étais venu à propos pour m'empêcher de faire un malheur ; c'est que quand je m'y mets, je ne suis pas aisé, et je vous aurais retourné ce misérable...

FRITZ.

Je ne dis pas non ; mais vous devriez aller réparer le désordre de votre toilette.

M. JOBINET.

Oui, ma toilette, tu as raison, elle en a besoin. Ah ! mon ami ! la colère me suffoquait ; vois donc comme il m'a chiffonné : c'est par pure bonté d'âme au moins que je ne me suis livré à aucun excès.... Regarde donc, je crois que mon jabot est déchiré... ah ! c'est que lorsqu'on a servi comme moi quinze ans, on n'a pas peur... malgré cela, je ne suis pas fâché que tu sois venu...

LÉONARD (*à part*).

Je le crois.

M. JOBINET.

Seulement pour rendre témoignage de ce qui s'est passé : voilà tout ; car du reste....

FRITZ.

Croyez-moi, monsieur, rentrez ; s'il venait quelqu'un....

M. JOBINET.

Oui, je rentre : mais tu conviendras que je me suis bien montré, car tu m'as vu... dessous, à la vérité, c'est que j'y étais, et pour mon propre compte ; mais tout cela n'y fait rien : j'ai servi quinze ans, et je n'ai pas peur ; je ne sors pas de là.

SCÈNE XIX.

FRITZ, LÉONARD (*écoutant*).

FRITZ.

Enfin il est parti; maintenant il faudrait que M. Jules vînt en ces lieux : j'ai tout préparé, et cette journée me sera lucrative.

LÉONARD (*à part*).

Pas tant; pas tant que tu l'espères, va.

SCÈNE XX.

LES PRÉCÉDENS, JULES.

JULES.

Dis-moi donc, mon ami, d'où vient le bruit que j'ai entendu?

FRITZ.

Ce n'est rien, monsieur, une scène extrêmement plaisante, dans laquelle M. Jobinet.. j'en ris encore ; mais je vous conterai cela plus tard. Le juif en question est là.

JULES.

Il faut malgré moi que j'aie recours à lui. J'ai voulu désabuser Elise ; je lui ai dit que je n'étais point millionnaire, que j'étais le fils d'un simple artisan : elle ne veut pas croire un mot de tout cela.

FRITZ.

Esprit de contradiction.

JULES.

Fais donc entrer cet homme, que je m'en débarrasse promptement.

FRITZ.

Il suffit; je vole près de lui.

LÉONARD (*à part*).

Vole, vole. Ah! on en a pendu, j'en suis sûr, qui le méritaient moins que lui.

SCÈNE XXI.

LÉONARD, JULES.

JULES (*se croyant seul*).

Ce qui me détermine à user de ce moyen, c'est que je

suis sûr du cœur d'Elise et de la bonté de madame Morin.
Après tout si l'oncle y met de l'entêtement, fort du con-
sentement de la mère et fier de l'amour de la fille, je dirai
tout bonnement à M. Jobinet : gardez votre fortune ; je
puis sans vous rendre votre nièce heureuse ; je suis son
époux, par une ruse à la vérité; mais c'est vous, c'est vous
seul qui m'avez contraint à l'employer, par votre obstina-
tion à me croire ce que je ne suis pas.

LÉONARD (*à part*).

Il a raison, il ne pourra pas résister à ça : s'il s'obstine, venez me trouver, je serai votre avocat; et M. Jobinet sait déjà
comment je plaide les affaires. Mais voici le prétendu juif.

SCÈNE XXII.

LES PRÉCÉDENS, FRITZ (*en juif*).

FRITZ (*à Jules*).

Monsir, n'était-ce pas vous qui aviez besoin de ma petite
ministère.

JULES.

Moi-même : en deux mots voici le fait.

FRITZ.

Moi le connaître le fait, monsir : il vous faut des titres
qui prouvent que vous êtes millionnaire, n'est-ce pas?

JULES.

Oui, avant une heure. Mais voyons qu'elles sont vos
conditions.

FRITZ.

Cela vous coûtera cinquante louis.

JULES.

Cinquante louis! c'est cher.

FRITZ.

Songez, monsir, que ce n'était pas une petite affaire
que de s'exposer à....vous savez que la justice....

JULES.

Je crois que vous ne la connaissez guère.

FRITZ.

Heureusement, monsir, et je ferai sa connaissance le
plus tard possible.

JULES.

Mais aurai-je ces titres dans une heure, et puis-je compter sur vous ?

FRITZ.

Votre valet a dû vous dire, monsir, que j'étais un homme d'honneur.

JULES.

Un homme d'honneur!.. il ne m'a pas parlé de cela du tout ; mais tenez voilà la somme, dépêchez-vous. (*Voyant qu'il regarde la bourse*) Ah ! vous pouvez compter.

FRITZ.

Je n'avre pas besoin, monsir; je avais de la confiance et de la conscience.

JULES (*à part*).

En voilà un qui fait exception à la règle.

FRITZ.

Monsir, je vais vous envoyer tout cela dans une jolie petite boîte, bien fermée, bien cachetée, monsir; j'en suis sûr il sera content.

JULES.

De grâce hâtez-vous, surtout n'oubliez pas mes noms, Jules de Saint-Mar : mettez aussi dans le fond de cette cassette beaucoup de vieux parchemins, de vieux titres, des vieux contrats ; tout ce qu'il faut enfin pour éblouir un sot. Adieu, faites diligence. (*Il sort en courant.*)

SCÈNE XXIII.

FRITZ, LÉONARD.

FRITZ (*se croyant seul*).

Vivat ! je tiens les cinquante louis. Allons maintenant gagner mon argent. (*Il va pour sortir.*)

LÉONARD (*l'arrêtant*).

Savez-vous que le métier que vous faites, il peut vous mener loin au moins.

FRITZ (*reprenant l'accent juif*).

Moi ne pas savoir, monsir, ce que vous voulez dire.

LÉONARD.

Ah ! vous pouvez quitter ce jargon ; moi je n'ai pas besoin

de paperasses, et je n'ai pas non plus cinquante louis à me faire escroquer.

FRITZ.

Quoi! monsir, vous savez ?..

LÉONARD.

Que vous êtes un misérable poucha.

FRITZ.

Ah! M. Léonard, vous êtes bon, ne me perdez pas; on vient....

LÉONARD.

Tant mieux, ton affaire sera plus tôt faite : ah! tu seras pendu, ou j'y perdrai mon nom de Léonard.

FRITZ (*à genoux*).

Grâce ! grâce !

LÉONARD.

Eh bien! j'ai pitié de toi; suis moi, et tu sauras à quelle condition je veux bien te pardonner.

FRITZ.

Quelle qu'elle soit, M. Léonard, j'y souscris d'avance.

LÉONARD.

Ah! il ne s'attendent guère à la surprise que je leur prépare. (*Ils sortent.*)

SCÈNE XXIV.

MAD. MORIN, ÉLISE, M. JOBINET, JULES.

M. JOBINET (*à Jules*)

Enfin je vais donc examiner vos titres. Ah! mon cher neveu, ce jour est le plus beau de ma vie! je ne sors pas de là.

SCÈNE XXV ET DERNIÈRE.

LES PRÉCÉDENS, FRITZ (*ayant repris les habits de valet, apporte une petite cassette bien fermée et bien cachetée*).

LÉONARD (*se tenant à l'ecart*).

FRITZ.

On m'a chargé de remettre cette boîte à M. Jobinet.

M. JOBINET (*enchanté*).

Ah! voici vos titres! bravo! de l'exactitude : je féliciterai
votre homme d'affaires, quand je le connaîtrai... Je ne me
sens pas d'aise!... (*décachetant la boîte*) Voyons, voyons
vite.... examiner des titres, voilà le vrai bonheur ! je ne
sors pas de là.

M. JOBINET (*ouvrant la boîte*).

O ciel! que vois-je ?... des peaux de lapin ?..

TOUS.

Que dites vous ?...

M. JOBINET (*tirant de la boîte un paquet de peaux de lapin*).

Des peaux de lapin! c'est un très-mauvais tour : je ne
sors pas de là.

LÉONARD (*s'approchant*).

Ce n'est point un mauvais tour : vous désiriez voir les
titres de mon fils, et les voilà.

TOUS.

Son fils !...

JULES (*se jetant aux pieds de son père*).

Mon père !...

LÉONARD (*le relevant avec bonté*).

Oui, je le suis toujours, parce que je sais que l'amour t'a
égaré, mais qu'au fond ton cœur est honnête. (*à madame
Morin*) Soyez sûre, madame, que quoique marchand de
peaux de lapin, je ne l'aurais revu de ma vie, si j'avais eu à
rougir de lui. (*à M. Jobinet*) Mais, M. Jobinet, regardez
au fond de cette cassette, vous y trouverez aussi le contrat
d'une belle et bonne terre en Auvergne, qui rapporte dix
mille livres de rente. Croyez-moi, ne faites pas tant le fier,
et donnez votre nièce à mon fils.

M. JOBINET.

Dix mille livres de rente ! c'est fort agréable ; je ne sors
pas de là, et je souscris à votre demande. (*à part*) Avec ce
marchand de peaux de lapin, c'est le meilleur parti que j'aie
à prendre : c'est que je le connais, et en cédant ainsi, il verra
au moins que j'ai de l'esprit ; car j'ai de l'esprit.... je ne
sors pas de là.

LÉONARD (*à madame Morin*).

Consentez aussi à cet hymen, madame : quoique je lui
en veuille beaucoup, je désire le bonheur de mon petit

Jules. Que l'amitié que vous a inspirée le père, soit partagée par le fils, et ne formons qu'une seule famille qui, si elle n'est pas riche à million, n'en sera pas moins honnête.

MAD. MORIN.

Jules, soyez mon fils : né d'un père aussi bon, vous ne pouvez avoir que de nobles sentimens.

M. JOBINET.

Oui, oui, surtout de nobles sentimens : je ne sors pas de là.

LÉONARD.

Ah ! madame, que je vous avais bien jugée.

VAUDEVILLE.

AIR : *Vaudeville de la Somnambule.*

MAD. MORIN.

Quand on oblige, obliger l'homme,
Mais jamais son nom ni son rang,
Voilà selon moi, voilà comme
On doit se montrer obligeant.
Quand les destins accablent de misère
Des hommes souvent innocens,
Quel que soit leur rang sur la terre,
Les soulager, s'ils sont souffrans,
Voilà, voilà de nobles sentimens.   (*bis.*)

LÉONARD.

Près de ceux que l'on divinise
Ramper, n'objecter jamais rien,
Tant que le sort les favorise,
Etre leur ami, c'est très-bien ;
Mais quand vient à tourner la chance,
S'en rapprocher, et leur être constans,
Sacrifier, pour eux son existence,
Quoiqu'ils n'aient plus ni puissance ni rangs,
Voilà, voilà de nobles sentimens.   (*bis.*)

FRITZ.

Certains Normands niaient une créance ;
Ils sont cités chez le juge du lieu :
Lever la main à l'audience,
Pour des Normands de tout temps fut un jeu.
Ils gagnent ; mais l'âme inquiète,
Honteux, je crois, de pareils jugemens,
Au tribunal même ils payent leur dette.
Chacun se dit : « Certes pour des Normands,
Voilà, voilà de nobles sentimens. »   (*bis.*)

M. JOBINET.

De nos anciens preux moi j'admire
Et la valeur et les exploits ;
Je suis heureux quand je puis lire
Tous les beaux traits des Bayard , des Dunois,
Et le règne de Henri quatre,
Où l'on a vu les assiégeans
Nourrir ceux qu'ils allaient combattre ,
De peur de les trouver mourans.
Voilà , voilà de nobles sentimens.   (*bis*)

JULES.

De ces héros , dont nous parle l'histoire ,
J'ai vu les exemples fameux
Imités, vous pouvez m'en croire ,
Et surpassés par leurs neveux.
Vaincus lorsqu'ils ont fait entendre
A leurs ennemis triomphans
Ce cri « mourir plutôt que de se rendre, »
Quoi qu'en disent certaines gens,
Voilà , voilà de nobles sentimens.   (*bis.*)

ÉLISE (*au public*).

Lorsque l'on vient voir un ouvrage ,
Et qu'il est dépourvu d'esprit,
Il faut avoir bien du courage
Pour ne pas montrer son dépit ;
Dans la colère qu'il inspire ,
Blâmer tout bas des traits trop peu saillans ;
Enfin guidé par la crainte de nuire ,
Cacher des sifflets déchirans,
Voilà , voilà de nobles sentimens.   (*bis.*)

FIN.